해변에 엎드려 있는 아이에게

장석 시집

해변에 엎드려 있는 아이에게

강

차례

벚꽃

저 나무

한 송이 더 피면
발을 땅속에서 꺼내고

한 송이만 더 열리면
떠오르리라

봄바람을 가득 채운
꽃송이의 풍선

그리하지 않으려고
하루아침에 흩어버리는
흰 꿈

못

어디에라도 박혀야
당신을 걸어줄 수 있는데

들어갈 곳이 좀처럼 없다

단단한 것들은 이제 없거나 허락하지 않는다

맨몸 말고는 아무것도 없어
가늘고 뾰족한 단 한 번의 생

당신이 마음을 걸 수 있도록
나는 어디에 마음을 다해 박혀야 하나

단지 이런 일

차를 버리고
구름을 잡아타는 것이다

아주 긴 은갈치의 빛나는 등처럼
하늘로 솟아오르는 길을 따라

저녁 식사 약속 따위는 취소해버리고
이제껏 미처 하지 못했던
진지한 생각을 하자

죽음으로 떠남은
오래된 일상과 단지 조금 다른 일

생각해보라
주름살과 벗어진 머리와 검버섯 장식
이 재미있는 모습을 만들기 위해
우리는 얼마나 오랫동안 애써왔는가

오직 한 발만 더 가면 된다

축축한 무덤 안에
어둡게 들어 있을 것은
나의 탯줄
태워서 돌함에 넣거나
나무 아래 뿌릴 흰 가루는
나의 아주 오래된 아명

잠시는 때로 아주 길다

한 발자국을 더 딛기에
또 한평생이 걸릴 수도 있으니

서두르지 말자

이제껏 지어보지 못했던 표정을
보여줘

미혹

내가 사랑을 알았을 때

햇빛만으로 만선인 경량 선박은
배롱나무꽃 가득한
여름에 정박했네

하늘에는 여러 켜의 구름
하얀빛 위에 잿빛
보라는 연두와 몸을 섞고 있었고
푸른빛 무심히 흩어지며

촘촘한 안쪽 가지에 숨은 꽃잎들
벌써 이른 가을을 이야기하네

나는 그 길을 따라 떠난다
죽음도 모르는 채 지는 사랑을
나도 모르며 보아왔기에

다 드러난 흘수선을
물밑으로 감추기 위해
배도 나도 애써 잠기려 한다

당신은 내게 올라와다오
무명지에 테두리만 남은 사랑을 끼우리다

나는 사랑을 알았으나
이제 모르는 사람

이미 아는 자는 뱃전 한쪽에 누워라
무지의 옆자리에는 미지

나는 바다로 내려와
탁발을 나선다

나처럼 바다로 내려와
무심히 양 떼처럼 이동하는 파도를 따라

나비와 태풍

태풍에 쫓긴 나비
방 안으로 떠 들어오네
철 모르고 일찍 내린 눈송이처럼

방 안으로 내리는 빗방울
사랑을 향해 들이치는 딱한 용기

방바닥의 한쪽을 내어주마
내 마음에 무덤이 늘어나네

눈송이에도 빗방울에도 집을 지어라

가여운 사랑

성김

환상이 잠시 머물기 좋은 곳은
사랑이네

사랑은 즐거이 잠시 내게 머무네

나는 당신에게 머물고

영원은 찰나에 머물고

햇빛이 머물고 간 자리가 황금이니
우리는
그것을 오래 늘이고 넓히고

길가 자작나무 잎은
오늘
아직 성기지만 아름답다

금빛으로
세상을 다 덮으려는 생각은 하고 있을까

번지점프

패딩 코트에 가방을 메고 검은 마스크
예쁜 눈만 보이는 두 아이가 탄다

폴리어학원
노란 버스

여름 바다에 뛰어들 듯

소녀들은
펼쳐진 책 같은 세상 안으로
기쁨에 몸서리치며

번지점프 할 수 있을까

아틀리에 봄

그와 나는 어떻게 걸어갔을까
함께 내내 걷다가
때 되어 헤어졌다고 할 수 있을까

이렇게는 살지 않겠다는
나의 최저 희망
이렇게 살아야 한다는
그의 최고 희망
그 두 희망의
꺼꾸리와 장다리는
같은 길을 함께 잘 걸어갔던가

추억한다
나의 낮은 분주한 맹목이었으나
나의 밤은 대개
그의 낮이 옳다고 동의했었다

늘 밤이면 그를 베개 삼아

꿈을 지었고
별빛은 선하게 새벽을 이끌고

최고 수위와 최저 수위 사이에
우리의 삶은 있지
나의 수위는 늘 그로 인해 높아졌고
몇 번의 범람도 있었다

겨울은 가는구나

봄이 오리라는 분명함이 온다
소멸과 부재의 시간 이쪽으로 다시

그가 조금 더 확장한 우리 세계의 임계
그 안에서 걸으며

아틀리에의 바깥에서
햇빛 가득한 안쪽을 들여다본다

많은 캔버스가 붓질로 분주하구나
봄꽃을 만드는 공방처럼

신호등

청계천 건너
세발자전거에 올라앉아
젊은 부인의 손을 잡고
나를 바라보고 있는
그이

나는
도강도
밀항도
쾌속 질주도
다 접고

내 인생의 이 봄을
횡단보도에 정박한다

나는 그 아이의
검은 신호등이 아니다

1아르의 만다라

한때는 나도 그러했으리라
그 순간은 너도 그리했으리라

불볕 아래
젊은 스님 둘이
모래 그림을 올린다

서른세 평 집 마루에
나는 배를 깔고 엎드려
전지 가득 만다라를 그렸다

우주에 세울 내 집
붉고 푸른 비단 이불의 흰 깃
그 안에서 태어날 사랑
그 아이가 걸어갈 금실의 길을
서른두 색 크레파스로 그렸다

1아르의 전장에서

병기들이 쟁강쟁강 부딪는 소리

1아르의 절 마당 안에서
논쟁은 왱강쟁강

한때는 나는 그리했다
그 순간 너는 그러했다

여전한 불볕 속
젊은 스님 둘이
다 된 모래 그림을 흩어버린다

불볕도 흩어지고
스님도 젊음도 모래도 흩어지고

집도 이부자리도 만다라도
불타 사라지거라

파랑새도
설산 팔부능선의 금을 만들던
산양도
이다음 책장으로
굽이굽이 넘어가렴

바람은 머리로 풍경을 받아
그 소리 하나만 서 있는 그림

칠월의 믿음

반가부좌로
양푼에 담긴 비빔밥을 뜨시는 부처

수염을 적시며
막걸리 한잔 자시는 예수

몸을 흔들며
재미나게 내려다보는 많은 나뭇잎

바람에 펄럭이는
푸르른 믿음 가득한 이곳이
그곳 아닌가

칠월 밤바다

달빛에 드러나는
파도의 근육
만물이 그 노동에 참여한다

청등과 홍등을 나란히 달고
검푸른 사구를 지나가는 배

섬과 섬 사이
좁은 목에서

다가오는 것의 오른쪽으로
두 개의 붉은 눈은 스쳐 지나간다

해안에 엎드린
밤바다의 청음초는

깜박임을
그 한 번의 흔들림을 타전한다

침묵의 봄[*]

문은 닫혀 있네

꽃잎 날리는 길
반은 이쪽으로 반은 저쪽으로
내달리던 것들의 자취가 없네

기쁨과 슬픔이
혼례와 장례가 발길을 돌리네
신도 제 정처의 문을 들어서지 못하네

동네 횟집의 수족관
밀집해 있던 물고기
무중력 유영을 하네
얼굴을 바닥에 대고 거꾸로 서 있는
가장 어린 것

---

[*] 레이첼 카슨의 동명(同名)의 책이 있다.

두려움을 감춘 화난 표정으로
문은 입을 다물고 있네
상인방의 푸른 칠은 벗겨지고
봄볕은 깨진 유리창으로 들어가네
소식이 각다귀처럼 빗발치던 곳

스스로 돌보지 못하는
사랑이 밀집해 있네
흰 마스크를 쓴 아이들과
검은 마스크의 노인들
아무도 찾아오지 않는
무소식의 깊은 골짜기 안
사랑의 탁아소와 요양원

태고의 해안선을 따라
우리는 내내 밀집을 향해 이동해 갔네

집과 축사와 도시를 만들고

끝내는 학살의 구덩이를 파
돼지와 닭을 묻고
우리도 가장 밀집하게 밀접하게
서로 껴안았네

때로는 비참한 난민으로
대부분은 행복한 여행객으로
늘 바삐 이동했네

을지로4가 지하보도의 쉼터
접속이 끊긴 늙은이와
거의 끊긴 젊은이가
기둥을 사이에 두고 등을 맞댄 채
휴대전화 충전줄에 매달려 있네
서로의 그림자처럼

세상을 뒤덮고 있는 그물에 걸려
거미가 다가오는 것도 모르네

당신을 떼어내면
누가 나도 벗어나게 할까

이 봄의 볕과 공기는 참 좋네
우리가 저지르는 비천함의 참혹을 경고했듯
저지르지 않으면 가능한 아름다움을
알려주네

밀집을 벗어나 밀접하고
잘못된 거짓 연결을 끊으라 하네
사랑한다고 말하기에는
아직 늦지 않았다고

흙구덩이 안에서 나와
어머니는 아이를 안고
다시 봄길을 곱게 걸어가시길

두려움과 놀라움의 손을 잡고

해변을 따라 겸손하게 갔던

그 봄날처럼

수상시장

꽃이 오네
물길을 따라
작은 신발 같은 배를 신고
참외와 자두와 애호박도 오네

죽음이 벌써 팔과 입을 막았는데도
어떤 이들이 오네
신발도 신지 않고
누워서 오네

자신의 탄생에 받았던 복을
혼례에 썼던 손 꽃다발을
장례에 썼던 몸을
팔려고 오네

모든 것이 강의 위쪽에서 오지는 않네

비극에서 발원한 이

혼례도 장례도 없이 마친 이
오도 가도 못하고
어딘가에 고여 있는 이

여러 갈래 물길을 따라온 배에
꽃과 생선과 닭이 오르고

월계수 잎 눈매의 그 그림자
축복을 건지고 손 꽃다발을 받고
채 덜 탄 망자를 배에 태우네

상류에서 시작해
꽃피고 시들어 불탄 것을
강의 아래쪽에서 다시 헹구어
저녁이 고이는 계단참의 빨랫줄에 너네

새벽이면 갈 수 있네
다시 상류 쪽이든 하류 쪽이든

시작이든 혹은

비로소 찾은 종착역을 향하여

자전과 공전

이 별의 축이 기운 것은
슬픔 때문

안타까움에 한 약속을 따라
공전하는 행성이고

슬픔의 기원을 알고
그 신성에 홀려

머리카락 흩날리며
언제까지나 춤추며 도는

밤낮이며
그 사이이며

돌고 도는 많은 계절이고

그 맷돌에서 들들 갈려 나오는

거친 사랑

당신은
체로 친 모래와도 같은
다시 고운 일

기쁨으로
우리 별이 기운다면

빗방울의 얼굴

여러 날 이어지는 빗줄기 속에
아는 얼굴을 만난다

처마 아래
비를 피하던 어머니 품에 안겨
처음 비를 만지려는
세 살배기 손을 잡아주었던 빗방울

형성과 와해의 여정을 서로 묻는다

협곡도 격랑도
온순한 삶과 완만한 땅도
고기압의 창공과 낮은 곳
모든 낮과 밤

우리는 달구어진 삶에 낙하하는
슬픈 노래
공허한 이들을 위해

길게 이어지는 기도

모르는 얼굴 위에 떨어지는
또 모르는 얼굴

숲에 참호에 섬돌 위에

비가 별을 다 덮는 날
다시 만나는 무명의 얼굴

순천 외가 6

저전동 옛 외가 안뜰

저를
무화과나무에 매달아주세요

심한 장난을 했으니
자꾸 했으니
맨 꼭대기 가지에 거꾸로 매다세요

팔월 햇볕에
다디단 아이가 될게요

꼭대기 가지의 열매는
더 잘 익어요

맛있는 사람이 될게요

꼭지를 비트는 당신의 손안에서

저는 온통 자줏빛으로

잠시
이 세상의 심장이 되겠죠

앎의 즐거움 4

이 나무의 가지에서
저 나무의 가지로 건너가네
사랑은

가볍고 어린것은
풀잎 위에도 앉네

이어짐이 숲이 되는구나

오늘
저 나무 이쪽 가지 이렇게 세운 까닭
저 꽃차례의 이치를

사랑은 건너가는 일이며

건너가다 숲 바닥이 된
그를 아는 일

숲지기

육십에 이르러
작은 마을이 들어선 숲 가운데
내 집 마당과 이어지는
스무 평 남짓을 지키는 구실을 맡았네

뭐 그리 옹색하나 웃지 마시게
두 해가 지나도록 어렵기만 하네

까치집을 높다랗게 인 소나무 말고는
참나무들 얼굴 보고 이름 구분 쉽지 않아

푸른 잎 무성하게 살림 사는 이
겨우내 작은 열매 같은 눈으로 붉게 보는 이
부재로부터 와 갑자기 달리는 흰 꽃
새와 벌레와 고라니의 가계를 채 모르나

숲 바닥과 숲 천장 사이의 모든 일을
능선으로부터 골짜기로

경사져 내려오고 올라가는 일들을
새벽부터 밤까지
빛과 어둠의 조수를 나는 서툴게 적어가네

어젯밤에는 우리 숲에
백만 원어치가 넘는 첫눈이 내렸네
내 무지도 새하얗게 모두 덮였네

모든 숲은 으르렁거렸던 옛날
미래사에 이르는 작은 숲길도 위험했던 시절은
가고
패잔하여 쫓기고 쫓기다가
야산의 일부에 머물러 있는 작은 숲
산책길만 남고 소멸해버릴지도 모르네

그러나 나는 아네
달빛도 찬 깊은 밤에
내 숲에도 히말라야 같은 희고 서늘한 이마

모든 산과 숲에 서려 있는 위엄을
하찮은 것에게도 깃든 신성을

결코 이길 수 없었던 싸움을 이겼고
절대로 질 수 없었던 패배를 겪었던 우리
숲의 한 뼘씩을 맡아 지키며
한 그루 나무처럼 멈추어 서면
숲이 이루는 이야기의 한 글자가 되면

이제는 사람은 멈추고
층층나무가 걸어가거라

숲의 총조사
—새벽

날이 밝습니다

숲의 가장 가까운 나무의 형체를 구분할 수 있게
되고
먼 능선을 이루는 수관들의 모습을
똑똑히 볼 수 있을 때까지의 시간입니다

숲의 영교시와 일교시지요

늦고 조는 것들은 빼고
모두 이 숲의 선사를 배웁니다

선조들이 걸음을 멈추고
육식을 끊고
죄를 저지르던 머리를 땅속에 박고
공기와 햇빛에 운명을 의탁하며 살아가기로 했을 때
멀리서 가까이서 몰려와
우리가 숲을 이루었을 때

그때부터 바다로부터 올라와
사방을 돌아다니며 번식하며
이 별의 거죽을 죄다 파헤치는 것들도
더 이상 이렇게 살지 말자
깨닫는 시간이 곧 오리니

수업은 계속됩니다만

숲의 바닥에서 가슴에서 머리에서
이리저리 이동하는 소란이 일고
새들은 아예 음악 시간을 먼저 엽니다

빛과 그늘과
삶과 죽음과
과거와 미래를 섞어 짜는
숲의 윤채 도는 하루가 시작됩니다

착지의 시간

숲에는 이제 그늘이 어슬렁거리고
나무들은 바랜 옷을 입은 노병의 모습

키 낮은 풀도
전쟁터에서 세월을 보낸 아이의 낯빛

이제
뛰어내리는 잎들이여

착지할 때 흔들림 없이

흔들리는 건 우수수 사방의 박수 소리

숲의 죽은 나무

나무의 죽은 가지 하나
가지의 죽은 잎

숲에서 오늘 죽은 것

피하지 못하고 떠났으나
그냥 남아 있는
나무와 가지와 잎
벌레와 길짐승과 새와 풀도

숲속의 죽음을 바라보며
우리 안에도 죽은 것이 있음을 안다
아니다
나는 죽음 사이에 서 있을 따름

푸르름 안에서
죽은 나무 한 그루
마른 잎을 단 여러 가지가

여기저기 이곳저곳을 가리키고 있다
교통순경의 수신호
갈림길의 이정표처럼

오로지 죽음 쪽을 향해
직진하거나 우회하거나

부러져 비뚤어진 손 하나
보이지 않는 별의 방향을

잎의 수목장

나뭇가지의 진법 흩어지고
마른 잎의 몇 가지 말씀

모두 땅에 내려와
이 겨울을 이루고 있으며

낙엽 한 장
순례길에서 벗어나
회양목의 촘촘한 머리에 불시착한다

이 일은 그저 우연이거나
언젠가 올 봄날
꽃의 어머니로 다시 화사하거나
사랑을 향해 아기 손 같은 새순을
또 벋는 것들의 마음이거나

또 한 잎
창에 드리운

한겨울의 퇴락한 거미줄에 갇힌 저 낙엽은
푸른 시절
광대나 혁명가를 꿈꾸었겠지

다급한 사슴이 왔을 때
내부를 내어주던 덤불처럼
추락하던 낙엽을 받은 빈 거미줄

생명과 무성함의 유기적 포옹
앙상하고 남루한 것들의 무기적 포옹

이미 장지로 내려갔어야 하나
누군가에게 깃들여
부스럭거리며 세월을 보내는 우리

마저 지을 죄가 남아 있으면
다 하고 오라는 말씀이 있으니

가을의 점자책

옷을 벗으시지요
세상이 허울을 벗는 시간입니다

모든 곳이 성소인 때

계절이 낳은 욕망이 아닙니다
몸을 탐하려는 게 아닙니다

당신을 알아야 해서요
떠나버리기 전에
아시다시피 나는 눈멀어
당신을 읽으려면 손과 입을 써야 하지요

한 권의 책을 떼기도 힘든데
한 사람을 읽기엔
마을과 산과 흐르는 강
지평선과 수평선에 가득 담긴 시간
그 위에 뿌려지는 아주 특별한 양념

가을엔 점자책을 읽겠어요
서걱거리는
첫 장을 펴주세요

모든 시간이 성스러운 곳
마지막 장은 없는 책
뒤표지는 만들어지지도 않고

오아시스는 에둘러
모래가 들어가 보이지 않는 눈을 감고
가랑잎처럼 불어갈 일

부리의 시

맨 꼭대기 가지
언 홍시에 부리 넣는 새

그의 부리에
겨우 녹인 살을 넣는 이

참 춥고
붉기도 한 날

껴안는 일
나눌 수 없는 나누는 일

우리 세상의 최소

나의 노래

올해

어느 나무가
자신의 나이테에
나의 노래를 넣어줄까

나는 오동나무 아래를 지나가네

나뭇잎들의 아래
함께 만드는 그림자 위로

바람은 밤나무로부터 불어오네

두 나무의 차이에서
시간은 풀처럼 흔들리네

그 사이를 지나가네
메우려 하지 않고
벌리려 하지도 않고

시간도 그림자가 있네
바닥에서 흔들리는 검은 것

나는 다리 아래를 지나가네
다리도 시간도 어디와 어디를 잇네
다리 아래의 냇물에게 묻네

무엇과 무엇을 이으며 어디로 가는지

죽음이 늘 닿는 곳으로
바다로
밤이 정박해 있는 바다로
소수가 다수에게 늘 붙어가는 곳으로

빛과 삶의 원을 지나

바람이 만드는 원과
그림자가 만드는 원도 지나

푸른 색깔의 시간과
계피와 바닐라를 듬뿍 친 바람을 맞고

기쁨이 조금 남은 막대를
그림자의 손에 쥐여주고

그의 펄럭이는 옷깃
내 뒤에 있네

계단 3

우리 삶을 이루는 일

잡아당기고 밀고 끌어내려서
끊어지고 어긋나는 일

줄타기와 사다리
기어오르기와 뛰어내리기

찢긴 곳과 비틀어진 데를
깁고 맞추는 방법

가파른 길에서
많은 손이 모여 만든 난간을
나는 잡으며 버티고

사랑은 불퉁불퉁한 땅에서 태어나
단층을 이루며 가고

내가 네게로 가는 길은
오르막과 내리막의 계단

죽음에 관한 농담

그의 눈에 띄일 때가 됐지
나도 죽음을 볼 수 있는 나이가 됐거든

어머니 주위에는 늘 있어
어느 때는
등 굽고 조그마해진 어머니를 업고 있어

나를 본 그가
네가 먼저 가고 싶니

농담인 게지
나는 대답을 하지 않았지
마치 마저 써야 할 시가 좀 더 있다는 듯

사랑의 몽유

몽유하는 어떤 이
내게 왔네

나는 방에 없고
달빛만 있었다네

가을밤에 이끌려 갔네
유목하는 이의 숙영지로

그곳에 당신은 없고
달빛만 있었다네

우리는 몽유하며 서로를 찾네

신은 사랑을 모르네
그가 바라는 전언은 우리의 사랑이 아니네

잠으로 돌아가 다시 쓰네
매번 꿈에서 잃어버리는 편지를

단풍

모든 잎이 제 몸을 등불로 하여
산마다 공양을 올린다

가을을 지나가는
구름의 복부를 밝히고

죄가 쌓인 내부를 비춘다

이것이 우리 세계가 만드는 노을이다

없다면
천하고 비참함 그대로 얼어갈 테니

눈매

저 나뭇잎은
제가 어려서 마음 두었던
그 아이 눈매와 똑 닮아
비어가는 마음에 그때가 차오릅니다

같긴 같되 가을이 많이 들어
눈가는 주름 일고 조금 붉어
곧 어디론가 내려갈 표정을 합니다

저도 조용히 내려가 정결히 떠나야지
마음에 남은 시간을 재보며
그 눈을 마저 바라봅니다

저건 나뭇잎일 따름
그 아이는
계절도 풍파도 어쩔 수 없이
그때의 눈매 그대로 살 거야
색을 더할 일도 손볼 일도 없이

예뻤거든

마음이 어린 생각을 합니다

은행잎 편지

그래 올 때가 되었구나
금빛 손편지

찬바람을 피해
고개를 숙이고 걷다 읽네
새벽에 배달되어
선박 폐엔진이 널린
공업사 앞길을 따라 적은 편지를

어떤 글자는
지난 계절의 초록이 미처 바래지
않았고
더러는 차바퀴와 발자국에 밟히고

더럽게 예쁜 소식
지워져도 좋은 당신

막 개업한 저 위의 우체국

그 안의 당신

예수의 어린 누이

혹은 깃발을 내건 만법지장보살

아치울 견문

어머니를 모셔놓고 돌아가는 길

가을에 파묻힌 아치울마을
잘 모셨느냐
아드님 만나기 좋은 날이네
양지바른 안부를 묻는다

내게 주는 추도사를 듣고 있는
망자처럼
나도 장례차 안의 뒤로 젖힌 좌석에
가득 내려오는 빛을 받으며

이 세상 끝의 등대

나는 여지껏
네가 간 방향을 바라보고 있다
한순간도 눈빛을 끄지 않고

씨를 바람에 다 보내고
쓸쓸히 서리를 맞는 갈대 꽃이삭
아직 푸른 잎들 위로 발돋움해
가을을 천천히 빗질해준다

물새는 이 세상의 뒤편에서
노래를 부르고

나도 얼마 동안 바람에 흔들리며
더 빛을 보내리니

너도 더 가다가
어느 아름다운 곳에서 멈추어
오래 쉬거라

무명 연주자

1957년 겨울 저녁 비엔나
비처럼 내리는 음악 속에서
다단조의 기침

레코드판은 이걸 모두 싣고 돌고
한 번도 하선하지 않은
삼등석의
이름 모를 그이

시를 기르는 섬

작은 섬

젖니 같은 하얀 해안 바위 쪽으로
어린 파도가 늘 오는 곳

풀밭에 덜 자란 시 풀어놓고
다 자라면 시집에 묶어놓는 섬

펼칠 때마다
갈매기가 와 깃들이려 하고
바람은 시편을
공기 속으로 햇빛 속으로 마음속으로

풀과 시를 뜯어 먹은 흑염소도
시인이 되는 섬

눈의 눈

곧 다시 만날 눈을 생각한다

눈이 내려오면서 보는 이 세상은
오목렌즈로 보듯 좁을지 몰라
그 높은 곳에서 그리움으로 하강하는
가파른 깔대기 꼴의 착지

나는 볼록렌즈로
개미굴과 포도씨의 표정 같은
지상의 작은 것들을 들여다보았다
하늘의 구름과
그리고 당신도 그렇게 보았을까

생각해보면 만물은
스스로 첨성대며 등대이다

바라보는 이의 장소
허블망원경과 현미경과

돋보기와 졸보기의 눈을 모조리 가진

꽃가루와 진딧물
먼 별과 은하수에서 흔들리는 물풀
그리고 당신 핏줄 안의 용암을 볼 수 있었네

내일은 겨울이고 눈이 내린다

내리는 눈은 틀림없이
문패와 내 이름표를 잘 보아라

모과 심장을 가진 푸른 그림자

이 시를 쓴 시인의 손에서
모과 향기가 가시지 않았네

시월 말에는 가지에서 다 익어
십일월 팔일이 열매를 땅에
내려놓았는데
겨울이 채 오기 전
어느 손이 그를 데려갔네
푸른 그림자의 심장이 되어라
주문을 걸었네

심방에서는
황금빛 향기가 뿜어져 나오고

가을이 남긴
십일월 이십일일의 일

종소리처럼 퍼지는 마지막 가을빛

이제 밤이고
모과나무가 있는 집
소녀들의 춤을 창밖에서 바라본다

밤하늘의 별까지 퍼지는 이 일
별빛에 그림자는 더욱 푸르고

이 시를 읽는 사람에게서
모과 향기가 가시지 않으리라

겨울의 주조

눈밭의 회양목
머리에 눈 인 그이
그 새벽에 가장 예뻤던 일

그 발치에 물을 주었지
끓는 물을 붉은 물을
심장과 내 눈을 녹인 물을

그이는 청동이 되었네
겨울은 금이 가고 시들어가고

어떤 새는 이 일은 어리석다고 생각해
날개를 가슴에 모으고
무심히 이 겨울을 날겠구나

저 산 능선은 오후부터 성겨져
저녁 어둠이 쉽게 오르고

극광의 시계

극야의 날이 이어지며
삶은 어둡고 느리게 걸어가네
우리는 섬처럼 고립되어
그림자와도 헤어졌네

오래 잊고 있다가
해시계에게 갔네 빛을 읽은 심장에게
바늘은 어둠으로 가버리고

죽은 시인은 말하네
지금은 죽기에 알맞은 시간

오지 않는 새벽을 향해 밤길을 가며
내가 저질렀던 일들에게 말을 거네

혼잣말의 변명과 입속말로 하는 사과
서릿발을 밟는 소리 위로
은빛 극광은

그리운 사람 방의 창 커튼처럼 드리우고

그 빛은 강철 태엽을 한 바퀴 감고
시곗바늘은 다시 어딘가를 가리키네

채 떠나지 못한 그림자도
밤길 위의 나도
그쪽으로 발길을 돌리며

사물의 질서

모든 길은
길 위의 행려자는

모든 집은
젓가락과 양말과 이야기와
집 안에 있어서는 안 될 것들에도

모든 별은
씨앗의 비밀들에게는

제각각의 일들이 있다

내가 전등을 꺼버린다고
네가 두꺼비집을 내린다고
세상이 어두워지는 것은 아니다

자신의 불을 끄는 일
주위의 빛을 더 밝히고

저체온의 어둠에 온기를 전하여

밤바다에서도 멈추지 않고
파도는 제 길을 가는 것

겨울 까치집

지붕 위로 솟은 굴뚝에서 나오는 연기
신갈나무 가지 쪽으로
북풍이 천천히 데려간다
지난봄 신축한 같은 키의 까치집

난롯가에 둘러앉은 것들에게
춤의 이야기를 오래 한 불
붉은색을 지우고
연도를 따라 위로 오르니
흰 연기로 새의 집으로

그곳에서 흩어지거라
형체도 온기도

봄이 다시 온다면
봄을 처음 만나는 새는
망루에서 전언하리니

추웠던 날 왔던 연기처럼
저 멀리 아지랑이가 피어올라요

사랑의 타종

종을 울릴 때인데

거리는 어둡고
종지기는 없다

그 소리 없이는
새벽이 오지 않으니

생각해보라
젊어 우리는 사랑의 타전병
늘 노래 부르던 나팔병

마음속의 종을 울리고
더러는 가슴으로 북을 만들어 치자

춥고 외로운 시대
우리는
이 겨울밤 다시 소집되었으니

새벽을 향해 행군하는

노병들의 종소리를 보아라

눈송이, 서성이다

우리를 덮은 추위는
남쪽의 바다 위
그 가장자리에도 도달해

부동의 전통 항구
크고 작은 배들은
자신의 모든 불을 모두 밝혀
그 빛으로 얼어가는 바다를 비추며

이어 올 강습을 밤낮의 공습을 대비하자
포구와 해로와 앞바다를 지키자

나는 우리가 이룬 십오층에서 그와 만났네
서성이는
창밖 어리디어린 소년병을
희디흰 그 얼굴을

바다 위에 내리든

해안에 착지하든
혹은 어느 집 지붕에
길에 골목에 사람의 어깨 위에

나이 들며 천천히 내려가길
한 층 한 층 생애를 밟으며
서두르지 말고 어떻게든
누추한 사랑 위에 도착하길

눈 덮인 길 아침을
내리막길을
배가 끊긴 길에서 나는 만나리

어젯밤 우리의 높이를 서성이던 흰 얼굴
우리 별을 덮으려 먼 길을 온
우주의 어떤 어린 일

열린 것인지 닫힌 것인지 알 수도 없는
압도적인 하얀 침묵을

겨울 연가

신당동 디귿자집 마당에서
내리는 눈송이를 올려다본다
무학의 아이
볼과 이마와 이윽고 입안에 닿는
사랑은 이토록 깊고 서늘하구나

마루의 연탄난로 위에서
주전자는 김을 뿜고
겨우내 노변 글공부를 하면
우물을 벗어나
높은 지붕 너머 세상으로 갈 수 있는지

나는 부엌으로 가
부뚜막 위에 간장 종지처럼 앉아서
남도의 어느 두메의 산에서 우는
여우 이야기를 듣는다

그 자리를 허락한

언 손 부르튼 손의 부엌 언니
그 여우는 포탄 구덩이가 팬 민둥산에서
마을로 내려오고
자기는 왜 서울로 올라와
낯선 겨울을 맞는지
이야기는 마저 듣지 못했네

기억하지 못하네
고향 집을 떠나 더 추운 곳에서 겨울을 보냈던 사람
낯선 연탄과 씨름하던 부엌의 물새

나는 지나친다
패딩 코트를 입고 눈길을 가는 중학생 아이
등에 매달린 채색 배낭을

여우도 없는 모든 산
사라진 개량 한옥과 아궁이와 이야기
눈이 쌓이던 장독대를

나는 지나치며

사랑 위에 가슴 위에 길 위에
이제껏 걸어오며 남겼던 발자국들
퍼붓는 눈에 덮이는 소리를 들으며

다리

석양의 한강을 건너며
멀리 보이는 다리의 교각이 어여쁘다
다리의 다리 아래쪽을 훔쳐보며
종아리 아래 물에 잠겨 보이지 않는 발목
그 언저리의 것들과 일들을 생각한다

우리는 다리를 늘 횡으로 건너며
여정의 맨 끝만을 성취한다
피안에 도달하는 도강을 받치고 있는 것
혹은 다리도 없이
양쪽에서 악물고 있는 두 개의 입

막다른 시간을 계속 이어 늘이는 허공의 길

석양이고
길에서 벗어나
시간에서 빠져나와
아름다운 저곳으로 텀벙텀벙 다가가

입구도 출구도 아닌

다리 아래에서 위를

치명적인 아름다움을 올려다보고 싶다

순례의 해

나는 그 바다로 들어가는 강을 안다네
영원히 이어지는 귀가를
그 강으로 합류한 내를
그 내로 간 개울을
끝없이 계속되는 출가를
샘에 떨어지는 빗방울을

그리고
내게로 흘러온 당신
당신에게 쏟아져 가는 나
처음 서로 섞이던 거리를
그 시간의 체온을
함께 흘러 지나갔던 다리
그곳의 물비린내를 나는 안다네

떨어져 내리던 진달래 꽃잎
성급했던 봄의 순례를
바람에 전 생애의 물비늘이 일 때

길의 막바지에 있는 신에게 참예하려고
느려진 가을 물살로 오던 마른 잎

내 등과 당신 가슴팍에 내리던 모든 것
혹은 당신 등과 내 가슴 안의 모든 것
흐르지 않는 일들이 쌓이는 그곳의 어귀

그리고
바다로 들어가는 그 강을
순록 떼보다 평화롭고
멸치 떼보다 붐비는
종말과 시작의 유속을 나는 안다네

꽃잎 위에 뿌리다

벚꽃은 지고

식객들이 떠난 오후
밥집 문을 열고 노파는 길에 무엇을 뿌리는가
엎드려 있는 꽃잎 위로

무얼 하십니까
늙어버린 손에게 묻는다

옛날 죄가 미안해서
새들 먹으라고 조를 주는 거요

초가지붕 안에 들어가
겨울 참새 집을 털던 어린 손

봄날이 가며
아래로 내려온 꽃잎 위에서
새로 피는 일

숫자가 중요할 때

열다섯 명이 그곳에

그중 고등학생이 다섯 명
문재학은 고1
열일곱 살
엄니 나는 집에 못 가네

그리고 40년도 더 지나

우리는 술집에서 일어나면서
비운 소주병을 헤아린다

밤하늘의 별은 몇 개만 깜박이고

우리 나이를 덧세니
그때 그곳
열다섯 명의 나이보다 많아

적을수록 빛나는 일

가장 젊은 별을 찾아본다

오월은 마흔 번이 넘게 나를 깨웠네

잠 속에 술집에 매음굴에 숨은 사람
아가 이제 일어나거라 할머니가 부르시듯
빗소리처럼 네 노래처럼 나를 흔들었네

연거푸 폭발하던 초신성들
수줍고도 겁 많은 젊은 용기였다니

오월은
떨어지는 또 젊은 불꽃으로
바닥으로 가라앉는 배의 둥근 창 안 눈동자
노래로 거리의 촛불로
목소리 뒤의 말씀으로
글자 안의 얼굴로

'냇물은 갯바닥 작은 구덩이 하나라도
채우지 않고서는 흐르지 않네'*

---

* "流水之爲物也 不盈科不行"(『맹자』, 「진심 상」).

작은 강돌과 개흙을 다 만지고 가네

삶에 늘 가래가 끓어
젊음에서 낡아가던 내 가난의 전성기
비켜 갔던 허다한 장소
돌아가며 외면한 숱한 일

나는 가느다란 내 시에 매달린 어릿광대였다네

시간의 어디에나 입구와 출구가 있어
우리 생은 두 개의 문 사이에 놓인
길거나 짧은 다리

어디에 가든지 늘 그 도시의 다리를 지나갔네
언제나 그 시간의 다리를 건너며 울었네
푸른 젊음이 정박했던
어둠과 붉은 노을의 고향

남은 깃발이 있으면 주시오
노인의 얼굴로 이제 봄 길을 달리려 하네

우리 본성의 형제가 서로 겨뤄
거룩함이 비천함을 눕히고
죽음이 죽임을 이겨 이루어낸 사랑의 성소

나는 오래도록 멈추었으나
세상은 한 번도 멈춘 적이 없어

한울이 머물렀던 쪽방의 주소
부처와 예수가 주먹밥 먹던 곳을 이제 아네

우리는 '가난하게도 이 땅에 생을 받은 동지'*
바다에 이르러 몸을 섞는 강물처럼
새벽을 만나 풀어져

---

* 로버트 번스, 「생쥐에게(To a Mouse)」.

한줄기 빛이 되는 꿈과 같이

어깨에 손을 대고 흔드는 오월
이제 깨어 그곳으로 나도 흐르네

풀베기

갓 베인 풀 냄새
다만 한 포기라도
내 손에 온몸에
사방에 가득한데

적벽 아래로 흐르는 강에서
철길 밑 쌍굴다리 안에서
중산간마을과 동굴에서
구덩이마다 온갖 곳에서
많이도 베여 쓰러졌을 때

냄새는
어디까지 언제까지 이르렀을까

공기에 스며
오늘 우리의 숨을 이루어
삶을 늘 들랑날랑하지

생명의 끝남이 향기라는 일
후각으로 기억하여

예비로 검속하여 미리 베려는 자여
세상에 드리는 향 공양은
정결히 자란 제 몸으로 할사

오월 이일의 노래

어제 비 내리고 바람 불었으니

이제부터 시작이라고
분주하게 아름다운 오월은

나뭇잎의 물기도
모종을 덮은 검정 비닐도
그리고 당신

오늘은 모두가 반짝이느라 바쁘다

꽃의 유가족

이 봄
나는 너와 함께 피어 있다

내가 조금 먼저 왔고
저 꽃 먼저 가리라

꽃들은 피고 지고
우리는 피고 지고

나는 잠시 너의 묘비가 되고
너는 나를 잊지 않는 이였다가

피고 지는 이 봄에

우리는 늘
꽃과 별의 유가족

오월의 끝날

떠나려는
모든 것들이 펄럭인다

숲의 잎들도
깃을 다듬으며 흔들어본다

오월은 이제 새가 되어라

속치마 같은 날개를 펼쳐 날아가려는가

숲을 조금 더 바라볼까

더 푸르러진
유월의 눈으로

안개

유월의 뱃머리는 안개에 잠겨 있다
퍼붓는 빗소리도 보이지 않아

바다는
후기 데본기의 불비 장마를 기억하는가

수리 중인 어선이 밝힌 집어등
공업사 쪽문을 바람이 여닫는 소리만 살아

오늘 세상은 모두 물로 만들어져
빛도 공기도 액체
바다와 바다 아닌 것의 구분은 없고

다른 이름을 가진 같은 것
같은 이름의 아주 다른 것

안개가 언젠가 걷힌다 해도
우리는 한 몸에 붙은 팔다리
뗄 수 없는 일

별자리 오류

우리는 평생에 걸쳐
다른 이들과 성좌를 이룹니다

나는 어느 날
시간을 만들어
별자리 해설사에게 찾아갑니다

저이와 나는 쌍둥이가 아닐뿐더러
혈연이나 생각이나 아무런 관련이 없고

전갈자리의 별들은
모두 다른 우주에 속해 있지요

천칭을 이루는 한쪽 별은
아주 오래전 폭발로 사라진 걸 아십니까

양치기의 무지와 샤먼의 착오를
바로잡아야 하지 않겠습니까

먼 곳과 가까운 곳
다른 집안과 다른 생각
죽음과 삶이 만나
어떤 것들을 이루지요

있지도 없지도 않은 의지
아기의 시선
우연과 착오와 무지와 무질서가
흩어져 빛나는 구슬을 엮고
하얀 레이스 같은 밤하늘 성좌
우리 우주의 아름다움을 만드는 것이지요

나는 밤하늘로 다시 올라
쌍둥이 별자리로 돌아갑니다

버찌의 길

벚꽃은 이 도시의 모든 길에서 화미했네

꽃그늘 아래
우리는 봄이 흔하게 널린 땅 위로 솟아 거닐었네
너는 그림자마저 아름다웠지
세상으로 나오기 참 좋은 시간

벚나무의 수다한 잎들이 만든 그늘 아래
유월의 길을 가며 나는 밟네
상관없는 필연을 무의미의 열매를
나는 보네
터뜨려져 짓이겨진 핏자국을

꽃이 피고 진 후
우리가 이마로 더듬으며 나왔던
길고 멀었던 산도를 기억하네

벚꽃 흩날리던 길을 생각하네

그런데 버찌는?
나는 묻네

광맥이 끊겨버린
어둡고 하염없이 먼 갱도
이 시대 불임의 산도를 기어가며

박각시 오지 않는 저녁

슬픈 소식처럼 방 안에 들어와
움직이지 않는 검은 벌레

슬픔도 소식도 읽어보기 전에
경사창 밖 방충망을 살피네

세상에 어둠이 앉았네
실내는 염증이 생긴 듯 붉어지고

박각시 한 마리
세 겹 창유리의 피안에 붙어
이 세계의 내부를 바라보네

이제는 집의 모든 문을 닫아거는 시대
'안팎 문을 횅하니 열젖기'*는 시간은 지나

---

* 백석, 「박각시 오는 저녁」, 『백석 전집』, 김재용 엮음, 실천문
학사, 1997, 99쪽.

아무도 그가 두드리는 소리 듣지 않네

풀도 물도 없는 유리 사막을
미끄러지다 멈추어 있는 순례자

피안과 차안의 빗장을 걸고
우리는 그 유리 사막의 이면을 편력하네

해변의 폐허

'나를 열면 해변이 있다'[*]고
당신은 수평선 쪽으로 물러나면서 말했지

겨울 바다를 이루고 있는 폐허에 대해 이야기한다

당신의 해변
계절이 자리를 바꾸어 정박하던 곳
늘 반짝이며 흐르던 시간
기쁨을 이루었던 만물의 잔해가 엎드려 있네

이승에서 난파한 배의 용골과 노와
무엇인가를 묶었던 밧줄과
움직이는 것을 가두었던 그물과 통발
소란스럽게 깨진 접시와 술병

---

[*] 아녜스 바르다, 「아녜스가 말하는 바르다」(2019). 나희덕,
『예술의 주름』(2021, 마음산책) 19쪽에서 재인용.

세찬 바람은 내 말을 훑고
파도는 집요하게
정원과 무덤과 마음에 있는 일들을 헤집네

죽마를 타고 어떤 이는 서성이네
뭍과 바다의 바뀌는 경계
흰 거품 속에서 영혼을 찾는 넝마주이
어디 하나라도 온전한 것은 있을까

나는 부서지면서
굳이 이 시간의 석호에 왔네
기억으로부터 가장 멀리 떨어진 변두리로

웅덩이 안에는 노래미 새끼 한 마리
사랑의 폐허는 작기도 하네

길게 이어지는 해안은
자신보다 훨씬 더 긴 노래를 부르고 있네

수평선과 지평선 사이를 불어가는 바람 소리

바다 쪽으로는 부서지고 썩어가는 잔해
육지 쪽으로는 어장 막과 마을과 도시
아직은 살아 있는 폐허

당신의 일부였던 나는
썰물을 따라 이제 돌아가네
나의 잔해인 당신은
해변에서 파도를 따라 출렁이거라

모두들 온전한가
별의 잔해여

시 빚기

빈 마을로 가서
새집과 쥐굴에서

부잣집의 꼭두각시에게
피천 한 푼 없는 허깨비에게도
거저 얻고 받아서

바리때에 한술
귀때기에 한 도막
또 한 대목은 안목에 넣어

외우고 그려서 차곡차곡 모아
이제 항아리에 담습니다

뚜껑 위에 당신의 시집을 눌러놓고

우주가 우리를 덮듯
이불로 덮습니다

그러고는

별똥별 떨어져 부딪고

꿈이 익어 발화하는 때를 기다립니다

시집, 지옥에나 가라

밤의 지하철
대부분의 승객은 집이 가까워지고 있으리라

나는 헤어지며 네가 건네준 시집을 펴 읽는다
팔십년대로 시간은 역행 폭주한다
나는 집에서 멀어지는가 다가가는가

갱도를 통해
누구는 가고 싶은 곳으로 향하고
더러는 가고 싶지 않은 곳으로 이동한다
열차는 밤의 땅 밑을 불 밝히며 질주하지만

별이 없는 어둠 속에서는
아무것도 찾지 못하리

환승역에서 듣는다
이번 역은 열차와 승강장 사이가 넓으니
사람과 사람 사이가

당신의 마음과 말 사이가 아득하니
너의 시는 아름다움의 근원과 까마득하게 머니
발 빠짐을 주의하십시오

신분당선 열차에 오르며
승강장과 열차 사이의 블랙홀로
네 시집이 투신하는 것을 본다

어둠 속에서
불꽃을 일으키는 선로와 바퀴 저 아래
나는 들었는가 이 소리를
시집을 던져라

밤의 지하철에서
네 시집은 어둠 아래로 갔고
나는 동천역에서 내려
동막천과 손곡천 천변길을 따라 집으로 갔다
별도 없는 깜깜한 밤

어떤 시인이
많은 시인이
모든 시인이
부끄러움에 몸을 떨며
제 시집을 어둠 속으로 내던진다면

모든 시민이
치욕에 진저리치며
어떻게든 애써 움켜쥔 것을 던져버린다면

우리는 밤의 지하철을 타고
늘 빈손으로 늦어 귀가하는 자였으나

길고 긴 갱도를 따라가다
아주 깊이 숨겨진 삶의 비의를
한 번은 찾아 캘 수 있을까

우리의 근원에서 출발해

종착역으로 가는 열차는 좀 더 아름다울까

나비 우표

소인이 안 찍힌 우표
현관의 나무 문에 나비가 붙어 있습니다

문을 열고 들어가려다
엽서 앞에서 우두커니 서 있습니다

세상은 우체통이고 우체국입니다

이 집은 내가 부쳐야 할 엽서
당신에게 보낼 소포가 되었습니다

주소를 적어야지요

출발지와 목적지를 생각합니다
우리의 문패와 번지수를요

뒤뜨락
빨간 꽃을 긴 꽃차례로 낸 싸리나무 쪽으로

흰 나비 여러 마리 작게 날아갑니다

생명에서 생명으로 가는 우편물
존재에서 존재로 가는 택배

우리 우주의
모든 곳이 같은 주소라면요

모든 곳으로 보내고
늘 반송 받는 소식이라면요

꽃의 말

우리는 우리끼리 아주 오래
나비를 홀리고 벌을 사로잡고
피며 지며 지냈네

토끼나 고라니와 다름없던 너
어느 날 나를 꺾어
어느 이의 머리에 꽂아주었지

사랑이 한 번도 하지 않았던 일

찬탄과 걱정이 함께 일었지

이제 나를 애써 다듬고 곱게 꾸미나
네 시간의 치장은 내 기쁨이 아니야

수정 화병에 담겨 빛나게 아름다운
종아리 아래가 없는 꽃의 말

새벽 바다

수협 공판장 앞 내항의 새벽
빙청한 바다 위의 소란

어둠 속 집어등과 확성기
빛과 소음으로 만선한 어선에서 부려지는
싱싱한 죽음과 펄떡이는 목숨

생사를 둘러싸고
세상은 늘 소요하기 마련이고
누구에게는 생명이며 이익이며 삶일 테니

뱃사람이여 중매인이여
흔들흔들 술로 풀며 아침을 만나

오늘의 태양이
이 바다의 자오선을 높이 지날 때까지

잠 속에서
나날의 죽음을 연습하시길

폭염

이러다간 올가을에는
밤나무에서 군밤을 따야 할지도 몰라

내만의 바닷물은 자작자작 끓는다
사랑은 이윽고 반숙이 되어 떠오를까

황금의 비 같은 햇볕 속에
힘세게 솟아 있는 숲의 우두머리 나무
그 위 한없이 어린 흰 구름까지
불타기 시작한다면

밤하늘의 수평선 위로
상현달이 뜰 자리를 바라본다

그 달빛에도 불기가 있다면

어디엔가 가까운 곳에서
이미 지옥의 문이 열렸으리라

나쁜 날씨여, 바다에 침을 뱉어라

어린 생선
부려지는 많은 생선
어상자에 담겨 화물칸에 다시 탑승하는 생선
환승입니다
그러다 밟혀 터지는 생선

　저 배의 그물은 심해의 바다을 훑었지
　강철 갈퀴는 바다의 자궁 안까지 들어가 무슨 짓
을 했을까

너무 깊은 곳으로부터 너무 많이 데려왔다

세상은 나쁜 날씨가 되어
낯을 찌푸리며 어선의 만선기를 흔들어댄다

조그마한 일에만 분개하는 사람
오래전 펼쳐진 그의 시집에 떨어졌던 빗방울
젖으며 분개하는 시를 읽었던 빗방울이

바다와 하늘을 멀리 돌아
오늘 다시 이 항구 위에 있구나

먹구름아 침을 뱉어라
선주 등짝에 경매사의 머리에 저 얼굴에

비여 침을 뱉어라

낙하하면서 침샘이 자라는 비여
젖니 사이로 침을 갈겨라
앞니 사이로 어금니 사이로
뱃전에 리어카에 비린내 고인 물양장에
오는 파도에 부서지는 포말에

깊고 어두운 곳에서 가져온 것으로
평온의 균열을 메우고
한없는 요구의 입을 다물지 않는

인생 가득 식탁을 차리고

생선 살을 막 집어넣는 내 입에

꺼내는 일

일천구백이십육년 경주 서봉총
둘러싸고 있는 사람들 가운데서
털북숭이 흰 손이 꺼냈다
다시 빛날 일을

오늘
어느 숲에서 금관을 꺼낼까

있는지도 모르는 당신
도굴당하는 가슴

해변에 엎드려 있는 아이에게

그 아이는 죽으면서 깨어났다
물속에서 눈을 떴다

아침 속에서 태어난 아주 어린 저녁
밤으로는 갈 수 없는
여기가 목적지가 아니라 더 가야 할 곳이 있는

육지로부터 따져서는 가장 어린
그 또래의 얕은 바다가
해변의 돌을 만지다가
아이의 신발 종아리 겨드랑이 머리카락을
찰싹찰싹 건드려본다
마치 견습 입국심사관처럼

여기는 누구의 땅과 바다인가
바닷새의 울음은 아이의 모국어와 같네

뒷걸음질하는 아이는 없다

헤엄치는 사람도 모두 앞으로 나아간다
이 아이는 물결이 안고 왔는데
육지를 향해 엎드려 있다
장난에 지쳐 잠든 듯

거꾸로 뉘었을 리는 없으니
이 땅을 향해 아장아장 걸음을 떼고
헤엄을 치다 안겨 온 것이다

지금 팔을 벌리고 엎드려 있으나
앞에 있는 혹은 있을지 모를 어떤 것에
경배하고 있지는 않다

이 아이는 돌아가고 싶을까
물론이지 물론이지
모든 것들이 대답한다

세월의 뒤는 모두 죽은 시간의 화석이고

앞은 살아 있는 시간으로 꽉 차 있지는 않다

낯선 관리들이 와 그 아이를 데려가기 전
파도와 썰물은 힘세어져
그의 얼굴을 바다를 향해 돌려주기를

그래야만 그 아이는
이 일이 시작된 곳으로 돌아가
그 집의 마당이나 현관에서
가장 좋아하는 여자의 손을 다시 잡을 수 있을 터
이니

뒷걸음치지 않고 앞으로 걸음마 해서

'바다'와 '아이'가 동행하는
'형이상학적 서정'의 깊이

정홍수(문학평론가)

1

오래전 한 평론가는 민중적 전망이 압도한 1980년대 한국 시를 돌아보며 세계의 본질을 투시하고 우주와의 합일을 꿈꾸어온 대문자 '시'의 좌표를 망각 저편에서 일깨우려 한 바 있다(남진우, 「신성한 숲 1」, 『신성한 숲』, 1993, 민음사). 그때 잠시 화려한 불꽃으로 타올랐다 유성처럼 사라져간 '신성한' 계보의 제일 첫머리에 언급되는 작품이 장석의 1980년 신춘문예 등단작 「풍경의 꿈」이다. 그 글에서 초월과 합일의 시적 비전을 에로스적 열망의 불길로 장엄하게 채색하고 있는 장석의 시는 '신성한 숲'을 향한 시의 가능성으로 한껏 충만한 한

편, 얼마간 (억압적 시대와의 불화로부터 말미암았을) 나르시시즘의 위험 또한 감지된다. 그러나 "이제 삶은 신성한 정지이며,/그의/그림자인 풍경만이 변모한다"(11연)에서 보듯 장석 시는 유다른 형이상학적 깊이를 가진 채 부풀어 오를 것이었으되, 단 한 편의 시만 남기고 홀연히 사라져버림으로써 스스로 망각의 운명을 택한다.

그로부터 정확히 40년 만인 2020년 봄 장석 시인은 『사랑은 이제 막 태어난 것이니』『우리 별의 봄』두 권의 시집을 한꺼번에 상재하면서 돌아온다. 생각보다 훨씬 긴 은일과 망각으로부터 귀환한 두 권의 시집에 부친 글에서 남진우는 말한다. "세계를 향해 낮은 음성으로 속삭이는 그의 사랑의 전언에는 여전히 순결한 자아에 대한 갈망과 현상적 질서 너머의 본질을 투사하고자 하는 은밀한 열망이 가득 차 있다. 그동안 그는 이 언어를 버려두고 아니 쌓아두고 어디서 무슨 일을 하며 한 시절 한 세상을 탕진해왔던 것일까." '탕진'이라는 애정 어린 역설의 언어에 응답하기라도 하려는 듯 장석 시인은 세번째 시집을 들고 우리를 다시 찾아왔다. 앞선 두 권의 시집 출간 후 꼬박 두 해에 걸쳐 쓴 시들이다. 그 시들을 읽으며, 이른바 '탕진'의 화살은 정작 시인 내부에서 더 철저하고 벼려지고 아프게 겨누어지고 있었다는 것을 확인한다.

삶에 늘 가래가 끓어
젊음에서 낡아가던 내 가난의 전성기
비켜 갔던 허다한 장소
돌아가며 외면한 숱한 일

나는 가느다란 내 시에 매달린 어릿광대였다네
　　　　　—「오월은 마흔 번이 넘게 나를 깨웠네」 부분

　시의 제목에 눈길이 머물게 되거니와, "빗소리처럼
네 노래처럼 나를 흔들었"던 '오월'은 '마흔 번'의 숫자
를 통해 "거룩함이 비천함을 높이고/죽음이 죽임을 이
겨 이루어낸 사랑의 성소"로서 '1980년 오월'을 명확
히 가리키고 있다. "나는 한낮의 하늘에 부조되는 장엄
한 무늬를/보았다"로 시작되는 「풍경의 꿈」을 비롯하
여 그의 많은 시가 알려주듯 장석 시의 구성 원리에는
세계를 성(聖)과 속(俗)의 긴장 속에서 파악하고 겪어
내려는 지향이 있다. 이는 애초에 엘리아데식 세계 이
해에 얼마간 빚진 것일 수도 있겠으나, 가령 '우주' '하
늘' '별' '대지' '바다'와 같은 세상의 경계를 자연적 실
재와는 다른 의미 공간으로 들어 올리는 감각은 초기
시부터 근작까지 거의 일관되고 있다는 점에서 좀 더
고유하고 개인적인 차원에서 장석 시의 토대를 이루어

온 듯하다. 그러나 동시에 거룩함의 나타남, 성현(聖顯, hierophany)의 순간적 광휘는 무엇보다 속(俗)의 자리에서 출발하는 시의 언어적 노동이 아니면 안 된다는 사실, 비속하면 비속한 대로 현세적이고 현실적인 인간의 시간 안에서 모색되고 이루어져야 한다는 자각 또한 장석 시의 출발선에 분명히 존재했던 것 같다. 그렇다면 앞서 인용한 글에서 나르시시즘의 근거로 지목되기도 했던 "나는 부끄러워 눈물 흘렸다. 내 꿈은/나에게 입 맞추어주었다"(「풍경의 꿈」 6연)는 시적 진술은 그와 같은 성속의 변증법이 시인이 시에 투신하려던 저 1980년대 초입에 이미 전혀 쉽지 않은 무게로 다가와 있었다는 사실의 역설적 표명, 막막하고 두려운 예감의 휩싸임으로 읽을 수도 있다. 「풍경의 꿈」의 후반부는 "삶을 준비하는 자가 새를 날려보냈다. 어둠 속으로"로 시작되고 있는데, 첫번째 새는 "무너진 너의 슬픔 위로 떨어"지고 있으며 두번째 새는 "지상의 어두운 골목에서" "차갑게 불타고 있"다. "노아의 세번째 비둘기"만이 "황금빛 올리브 잎사귀를 물고 왔다……"고 진술되는데 여기서 '노아'가 '삶을 준비하는 자'와 동일한 인물인지도 모호하거니와, 저 말줄임표의 침묵은 어떻게 해석되어야 하는가. 새의 귀환은 '삶'과는 전혀 다른 차원의 멀고 먼 전설의 이야기처럼 들려온다. "이제 삶은 신성한 정지"이고 "그림자인 풍경만이 변모한다"는 시의 대답은 그 어조의 당당함으로 오히려 닿을 길 없는 막막한 거리를 환기한다. 해서는 시의 마지막에 '새'는 다시 한 번 "슬픔의 첨탑 위로 떨어"진다. "새여,/슬픔의 첨탑 위로 떨어지는 푸른 입술이여……" '삶을 준비하는 자'가 세상에 날려보낸 첫번째 '새'이자 마침내 '슬픔의 첨탑' 위로 떨어질 수밖에 없었던 '푸른 입술'의 운명은 마치 장석 시가 스스로에게 부여한 '자기 처벌'의 신성한 임무처럼 보일 지경이다. 그렇다면 장석 시의 오랜 침묵은 스스로가 만든 자각적 운명이며, 여기에는 적어도 '마흔 번'이 넘는 깨움이 필요했다고도 할 수 있다. 그리고 그것은 '사랑의 성소'로서 '오월'의 재발견과 함께 일어나고 있다.

> 우리 본성의 형제가 서로 겨뤄
> 거룩함이 비천함을 눕히고
> 죽음이 죽임을 이겨 이루어낸 사랑의 성소
>
> 나는 오래도록 멈추었으나
> 세상은 한 번도 멈춘 적이 없어
> ―「오월은 마흔 번이 넘게 나를 깨웠네」부분

'삶은 신성한 정지'라고 당당하게 선언했던 「풍경의 꿈」을 기억하는 자리에서라면 이 환희와 탄식의 언어

사이에 놓여 있는 길고 긴 '부끄러움'을 감지하지 않을 도리가 없다. 장석 시가 뜨거운 꿈속에서 보고자 했던 '장엄한 무늬'는 피의 연대기와 함께, '부끄러움'과 함께 그렇게 뒤늦게 도착하고 있다. '죽음이 죽임을 이겨 이루어낸 사랑의 성소'는 정확히 '신성한 정지'와 '풍경의 변모' 사이에 걸쳐 있는 인간의 시간, 성속의 변증법이 육화되는 장소를 증언하고 있다. 그러나 이 부끄러움은 '사랑의 성소'에서 시적으로 발화됨으로써 최종적으로 걷힐 수 있는 것일까. '가느다란 시의 어릿광대'는 '슬픔의 첨탑'에서 자신의 '푸른 입술'을 되찾을 수 있는 것일까.

사정은 그리 단순하지 않아 보인다. 「풍경의 꿈」에서 '두번째 새'의 사랑이 곤경에 처하는 곳이 "문법 바다의 가장 서늘한 심연"이거니와, 이때 '문법 바다'라는 이상한 조어의 장소는 어디를 가리키는 것일까. 모호한 대로 '현실의 규범적 질서'를 암시하는 것일까. '역사' 바깥에서 '역사'를 말끔히 비워버릴 '방법적 니힐리즘'의 자리가 아니라면, '문법 바다'는 헤쳐가야 할 곳이지 '장엄한 무늬'를 위해 소거되거나 괄호 쳐질 장소가 아니다. 마찬가지로 "삶의 한순간의 질인/강렬한 빛의 혼례"(2연)가 일어나는 '카이로스'의 시간은 "끝없이 겹쳐오는 모든 계절들의 힘"(2연)인 '크로노스'의 시간 없이는 주어지지 않는다. 이 사실의 수락이 이번 시집에는 긴절한 언어의 호흡으로 새겨져 있다.

　올해

　어느 나무가
　자신의 나이테에
　나의 노래를 넣어줄까
—「나의 노래」 전문

　그러니까 "어깨에 손을 대고 흔드는 오월/이제 깨어
그곳으로 나도 흐르네"(「오월은 마흔 번이 넘게 나를 깨
웠네」)라고 노래할 수 있는 시의 행복은 '한 번도 멈춘
적 없는' '문법 바다'의 엄연함과 '나무의 나이테'에 의
해 유보될 때만 가능한 것인지도 모른다. 그리고 이 유
보는 역사 현실이나 시간의 '타자성'으로부터 불가피하
게 주어지는 것이라기보다는 장석 시의 내적 요구이기
도 한 것 같다. 예컨대 벚꽃의 개화를 더없이 아름다운
시의 상상과 리듬으로 옮겨놓고 있는 「벚꽃」은 이번 시
집의 문을 여는 시인데, 시적인 순간을 발굴하고 이미
지의 흐름을 조각하는 장석 시의 기예를 경이롭게 보여
준다. 그러나 마지막에 이르면 시의 완성은 시 자신에
의해 저지되고 무화되려 한다. 마치 "다 된 모래 그림
을 흩어버"(「1아르의 만다라」)리듯이.

저 나무

한 송이 더 피면
발을 땅속에서 꺼내고

한 송이만 더 열리면
떠오르리라

봄바람을 가득 채운
꽃송이의 풍선

그리하지 않으려고
하루아침에 흩어버리는
흰 꿈

—「벚꽃」 전문

　하늘거리는 흰 벚꽃은 가볍다. 그러고 보면 꽃잎은 낱낱이 날개다. 한 송이 한 송이 개화가 진행되면서 꽃송이들은 봄바람을 타고 풍선처럼 부푼다. 하얗게 만개한 벚꽃의 반원. 땅속 깊이 내린 뿌리가 들썩이는 모습이 보인다. 나무가 온몸으로 떠오르고 비상하려는 흰 꿈이 거기 있다. 중력을 거스르는 힘의 임계점. "한 송이만 더 열리면/떠오르리라" 나무는 흔히 수직적 상상력으로 번역되지만, 만개한 꽃과 봄바람이 함께하자 돌연 수직의 지향을 수행하는 차원이 열린다. 그러나 흩날리는 벚꽃, 흩어져 땅으로 내려앉는 꽃들은 '흰 꿈'의 사실을 돌연 다른 방향에서 드러낸다. 흰 꿈은 흩어지고 중단된다. 봄날 벚꽃의 풍경에서 나무의 꿈을 읽고 상상하는 시인의 시선이 정밀하다. 그러나 자연을 서정적 주관성 안으로 불러들인다는 점에서 이 시의 문법은 그다지 낯설지 않은 것이다. 이 경우 시의 성패는 서정적 주관과 대상 사이, 긴장의 밀도에 있을 테다. 4연까지 그 긴장은 '저 나무'의 독립된 호명이 만드는 거리를 지켜내며 팽팽하게 충전되어 있다. 그러다 갑자기 주관의 과도한 침범이 일어난다. "그리하지 않으려고"! 2연과 3연은 '시적 화자'의 상상이면서 동시에 '나무'를 주어로 하는 결의로도 읽을 수 있고, 그것이 이 시의 힘일 테다. 그러나 '그리하지 않으려고'는 주관의 과도한 침범이 아닐 수 없다. 그것은 다시 두번째 임계점으로 치닫는 시의 긴장을 회수해버리고, 나무의 자리에 주관을 세운다. 해서는 흰 꿈을 흩어버리는 것은 시의 주관성이 된다. 당혹스럽게도 시의 깔끔한 마무리는 저지된다. 왜일까 생각해본다. 서정적 완미(完美)를 깨뜨리는 시의 파열은 장석 시의 또 다른 의지며 무의식인 것일까. 비상의 꿈은 그리움과 갈망을 빗장으로 해서만 잠시 주어지는 것이며, 그 목마름까지가 그의 시의 존재 이유인지도 모른다.

파열은 한 편의 시 안에서만 일어나는 것은 아니다. 「못」과 「부리의 시」는 이상한 방식으로 마주 보고 있다. 「못」에서 시의 화자는 '당신'이 마음을 걸 수 있는 '못'이 되고자 한다. 그러나 그 소망은 이루어지기 힘든데, 어딘가 '박혀 있을' 자리가 없고 '들어갈 곳'도 없으며 '단단한 것들'은 '허락'되지 않기 때문이다. 이것은 비극적인 세계 인식이다. 비극적 인식은 화자의 존재적 조건으로 인해 심화된다. "맨몸 말고는 아무것도 없어 / 가늘고 뾰족한 단 한 번의 생" '뾰족함'과 '단 한 번'은 충돌하면서 상황을 부정적으로 절박하게 하고 있다. 기실 이런 궁지는 처음이 아니다. 시인은 이미 "내가 먼저 녹슬어 / 무뎌진 못으로나마 / 미지의 어둠으로 몸을 넣어보리다"(「새집」, 『사랑은 이제 막 태어난 것이니』)라고 노래한 바 있다. 이때 '미지의 어둠'은 '들어갈 곳이 없는' 세계의 부정적 이면이며 그 힘겨운 싸움의 장소일 테다. 동시에 그것은 '새 못'과 '싱싱한 나무'의 '새 집'으로만은 도달할 수 없는 "무명으로 가는 길의 숲"을 향해 있으며, "녹슨 못들과 뒤틀린 나무판자 / 깨진 기왓장과 무너진 내장들"의 시간을 필요로 한다. 그런데 여기서 '무명'은 '이름 없음(無名)'일까, '밝음 없음(無明)'일까. 잘 알 수 없는 대로 장석 시가 갈등의 해

소보다는 '미지의 어둠'의 혼돈 쪽에서 시의 길을 찾고 있다는 것은 분명하며, 그때 '못'은 "밥 냄새와 성애의 자국/마르고 있는 빨래와 빨 수 없는 과오"의 '맨몸'의 표상으로서 장석 시의 오랜 화두가 된다. 여기서도 '내가 먼저 녹슬어'라는 시의 의지가 두드러지게 표명되어 있다는 점도 기억할 만하다. 그러나 시는 언제나 세상의 풍부함에 뒤늦게 눈뜨고, 시의 앎은 늘 좁고 모자란다는 사실 역시 기억해야 한다면, 시의 기획과 구도(構圖), 의지는 잠정적이고 방편적인 것이기도 하리라. 스스로 구획한 부정적 세계의 한편에서 미지의 기적 같은 시간이 도래할 때, 경이로움을 받아 적는 일은 장석 시의 또 다른 임무이기도 하다. 이번 시집 속 「부리의 시」에는 '못'의 서사가 전혀 다른 풍경 속에 배치되어 있다.

> 맨 꼭대기 가지
> 언 홍시에 부리 넣는 새
>
> 그의 부리에
> 겨우 녹인 살을 넣는 이
>
> 참 춥고
> 붉기도 한 날

껴안는 일

나눌 수 없는 나누는 일

우리 세상의 최소

　　　　　　　　　　　　　　　−「부리의 시」 전문

　새가 나무 꼭대기에 매달린 언 홍시를 먹는 예사로
운 장면은, "그의 부리에/겨우 녹인 살을 넣는 이"라는
놀라운 역전(逆轉)의 상상력에 의해 불가능한 사랑이
수행되는 기적의 순간이 된다. 사랑이 "나눌 수 없는"
"나누는 일"이라는 모순과 역설의 노동임을 이보다 더
아름답게 시의 언어로 발견하기는 어려울 것이다. 그리
고 한 행의 침묵 뒤 "우리 세상의 최소"라는 맺음은 얼
마나 정확한가. 온갖 부정적 풍문과 양상에도 불구하
고 세상이 지탱되고 있다면 이런 '최소'의 노동이 어떠
한 형식으로든(자연의 일이든 인간의 일이든) 엄연한
가운데 그 '최소'를 '최대'의 자리로 상상하는 존재들
이 있기 때문이 아닐까(「아틀리에 봄」에서 시인은 "나
의 최저 희망"과 "그의 최고 희망"을 이으려 한다). 여
기서 '부리'가 정확히 '못'의 다른 존재 형상이기도 하
다면,「못」의 비극적 세계 인식과「부리의 시」의 경이로
운 합일은 장석 시의 전체 국면에서 모순과 파열을 포
함하면서 서로 마주 보고 있다. 그러니 합일의 도약은

"그리하지 않으려고/흩어버리는" 장석 시의 내적 저항과 운동에 의해 언제든 영도(零度)의 자리로 내려와야 하는지도 모른다. 「풍경의 꿈」에서 보듯 신성과 숭고가 장석 시의 강력한 지향인 것만큼, '마흔 번의 오월'을 지나 돌아온 장석 시의 현재는 더 많은 세속의 구체, 미만한 모순과 혼돈을 '나눌 수 없는' 채로 '나누기' 위해 낮아지고 '엎드리려' 하고 있는 것 같다. 그런 의미에서도 '영도'와 '처음'을 환기하는 "사랑은 이제 막 태어난 것이니"(「서시」, 『사랑은 이제 막 태어난 것이니』)는 새삼 장석 시의 정직한 자기 언급이 되어주고 있다.

2

이번 시집의 표제작이 「해변에 엎드려 있는 아이에게」인데, '바다'는 장석 시의 원초적 장소라 할 만하다. 등단 시에서 '문법 바다'라는 관념의 외피를 두르고 처음 선을 보인 그곳은 시인의 유년기 기억이 잠복해 있는 부산 영도 남항과 순천만을 하나의 선으로 이은 뒤 시간의 진행이 만드는 또 하나의 선을 따라 통영 바다라는 꼭지점을 가지는 삼각형의 구조로 거듭 장석 시에 돌아온다. 그렇게 시간적으로 원근법의 삼각형을 이루는 바다는 공간적으로는 일제히 남쪽의 거의 동일 위도에 정렬해 있다. 여기에 바다에 인접한 언어군으로서 섬, 정박, 등대, 배, 어망, 닻, 청음초 등등 일련의 환유적 계열어들이 따르기도 한다. 그리고 원초적 장소인 만큼, 바다에 종종 '아이'가 등장하는 것도 자연스럽다. 심지어 시인은 도심의 횡단보도 세발자전거에 앉은 아이와 눈길을 나누면서도 바다에 있다("내 인생의 이 봄을/횡단보도에 정박한다", 「신호등」). 기실 '아이'는 '바다' 못지않게 장석 시의 테마를 형성하는 중요한 주어이며, 때로는 화자의 시선이 때로는 세계나 사물의 응시가 생성되고 교차하는 자리다. 장석 시는 아이를 통해 처음과 만나고 처음을 일깨우려 한다. 이때 아이는 '무구함'의 표상이라기보다는 '무명(無名/無明)'으로서 장석 시를 개시(開始/開示)하는 '타자'의 자리에 가까운 듯하다. "비어가는 마음에 차오"르고, 떠나야 할 때 "마저" 바라보는 것은 "그 아이 눈매"이며, 마음이 끝내 가닿고 싶은 곳은 "어린 생각"이다(「눈매」). "새벽을 향해 행군하는/노병들의 종소리"(「사랑의 타종」)는 눈송이로 만나는 "창밖 어리디어린 소년병"의 "희디흰 그 얼굴"(「눈송이, 서성이다」)과 겹쳐지고, 그렇게 "어젯밤 우리의 높이를 서성이던 흰 얼굴"은 "우리 별을 덮으려 먼 길을 온/우주의 어떤 어린 일"(「눈송이, 서성이다」)이 된다. 해서는 '아이'의 곁에서 열리는 세상은 "형성과 와해의 여정"과 함께 슬픔과 공허, 무명을 포함한다.

여러 날 이어지는 빗줄기 속에
아는 얼굴을 만난다

처마 아래
비를 피하던 어머니 품에 안겨
처음 비를 만지려는
세 살배기 손을 잡아주었던 빗방울

형성과 와해의 여정을 서로 묻는다

협곡도 격랑도
온순한 삶과 완만한 땅도
고기압의 창공과 낮은 곳
모든 낮과 밤

우리는 달구어진 삶에 낙하하는
슬픈 노래
공허한 이들을 위해
길게 이어지는 기도

모르는 얼굴 위에 떨어지는
또 모르는 얼굴

숲에 참호에 섬돌 위에

비가 별을 다 덮는 날
다시 만나는 무명의 얼굴

─「빗방울의 얼굴」 전문

'처음' 비를 만지려는 아이에게 도착한 빗방울. 그 빗
방울들이 세상 존재의 얼굴이고 서로를 향한 안부 인
사라고 시인은 말한다. 빗방울의 낙하를 '슬픈 노래'와
'기도'로 옮기는 시의 운동은 하이데거 식으로 말하자
면 존재자의 존재 방식, 곧 '있음(됨)'을 껴안으려는 간
절함으로부터 비롯되는지도 모른다. "아는 얼굴을 만
난다"로 시작한 시의 풍경이 "모르는 얼굴 위에 떨어지
는/또 모르는 얼굴"로 바뀔 때, 그것은 지속되는 빗방
울의 물리적 운동이면서 우연적이고 경계 없는 충돌과
마주침, 포개지고 스치는 확산의 힘으로 '있음'의 풍경
안에 있는 원초적 그리움을 건드린다. 그 확산은 숲과
참호, 섬돌로 무차별하게 계속되는데 마침내 "비가 별
을 다 덮는 날"이 오면 무명(無明)의 시간을 사는 우리
모두(無名)의 안부가 된다. 그것이 "다시 만나는"의 기
적이리라. 그러나 "모르는 얼굴 위에 떨어지는/또 모
르는 얼굴"의 풍경은 그저 읽기만 해도 이상하게 마음

이 더워져 온다. 나는 이 구절을 읽고 또 읽는다. 아니, '세 살배기'처럼 거듭 손을 내민다.

빗방울(물)과 아이는 생명이 비롯되는 '처음' '태초'의 이미지로 하나이거니와, '바다' 역시 그러하다. 장석 시의 상상력은 생명의 씨가 처음 뭍으로 건너온 '바다'의 기억을 품으려 한다('바다'만큼이나 자주 장석 시의 공간을 채우는 '별'의 이미지("헤아릴 수 없을 만큼/밤하늘의 별 이야기 해왔으나", 「별에게 2」, 『우리 별의 봄』) 또한 지금-이곳을 우주의 원초적 시간과 연결하는 상상력이라 할 수 있다). 여기에 시인 개인의 연혁, 유년의 시간과 장년의 생업이 포개진다는 점에서도 '바다'의 존재는 장석 시에 있어 운명적이라 할 만하다. 그러니 "나를 열면 해변이 있다"는 아네스 바르다의 영화 속 말은 이미 시인 자신의 것이기도 했으리라(「해변의 폐허」). 그런데 장석 시에서 '바다'('해변')는 '잔해' '폐허'와 함께 처음 목도된 듯하다. 혹은 '잔해' '폐허'의 시간과 함께 하고 있을 때만 '바다'는 '시적'으로 발견되고 '시의 눈'이 되는 듯하다. 이 긴장과 역설을 시의 상상과 사유로 견딤으로써 '형이상학적 서정'이라 이름 붙일 만한 장석 시의 한 면모가 구축된다. 가령 그곳은 "기쁨을 이루었던 만물의 잔해가 엎드려 있는" 곳이며 "기억으로부터 가장 멀리 떨어진 변두리"다. 따라서 "나는 부서지면서/굳이 이 시간의 석호에" 와야 한다. "길게 이어지는 해안"이 "자신보다 훨씬 더 긴 노래를 부르고 있"는 이유다.「해변의 폐허」는 이렇게 끝맺는다.

> 당신의 일부였던 나는
> 썰물을 따라 이제 돌아가네
> 나의 잔해인 당신은
> 해변에서 파도를 따라 출렁이거라
>
> 모두들 온전한가
> 별의 잔해여

생명의 긴 노래를 담고 있는 바다가 별의 잔해들과 함께 이루는 풍경 속에 시적 정화(精華)로서 사랑의 형이상학이 맺히는 순간이 여기에 있다. 이때 장석 시는 세계의 균열을 감싸고 세계를 비극적으로 정화(淨化)한다. 우리는 장석 시에서 의도적 불협화와 내파를 향해 강퍅하게 치달은 한국 현대 시의 특정한 국면을 건너뛴 듯한 느낌을 받게 되거니와, 그의 시는 완강할 정도로 시의 고전적 기품의 세계에서 물러서지 않으려 한다.

'영도 남항'은 "산파가 나를 받아주었던 집"이 있는 곳인데, 뻘에 묻힌 지 여러 날이 지나 거적 밖으로 나온 맨발로 처음 목도된 아이의 시신은 유년기 시인에게 거듭 가위눌린 무서운 꿈이 된 듯하다(「영도 남항」, 『우리

별의 봄』). 말하자면 '바다'는 시인에게 한 번도 추상이
나 관념이 아니었다. 그러나 '해변의 아이'는 돌아온다.
이번에는 "육지를 향해 엎드려 있"는 모습으로(「해변
에 엎드려 있는 아이에게」). 다행히 "그 아이는 죽으면서
깨어났다/물속에서 눈을 떴다" 바다 쪽에서 온 아이는
받아줄 땅을 찾아 떠돌던 난민의 아이일 수도 있고, 다
른 안타까운 사정이 있을 수도 있다. 이 시의 이야기 안
에서 아이가 '집'으로 돌아가기를 기원하는 것은 모두
의 마음일 테다. "이 아이는 돌아가고 싶을까/물론이
지 물론이지/모든 것들이 대답한다" 그런데 아이는 바
다 쪽에서 왔으므로 바다로 돌아가야 한다. 시인은 간
절히 바란다. "낯선 관리들이 와 그 아이를 데려가기
전/파도와 썰물은 힘세어져/그의 얼굴을 바다를 향해
돌려주기를". 시의 마지막을 보자.

그래야만 그 아이는
이 일이 시작된 곳으로 돌아가
그 집의 마당이나 현관에서
가장 좋아하는 여자의 손을 다시 잡을 수 있을 터이니

뒷걸음치지 않고 앞으로 걸음마 해서

엄마가 있는 집으로 가는 길. "뒷걸음질하는 아이는

없"으므로 아이는 앞으로 걸음마를 해야 한다. 그러나 바다는 뒤쪽에 있다. 누군가가 얼굴을 바다를 향해 돌려준다고 해도 사정은 달라지지 않는다. 뒤를 보면서 앞으로 가기. 이상한 난경 안에서 시는 '영도 남항'과도 이어지는 세상의 깊은 슬픔이 되면서 동시에 얼마간 장석 시의 의지이자 자기 투영이 되기도 하는 것 같다.

장석 시와 함께 '바다'와 '아이'는 계속 돌아올 것이다. 그때 "한 송이만 더 열리면/떠오르리라"의 들뜬 예감과 "그리하지 않으려고 하루아침에 흩어버리는/흰 꿈"의 결단은 '해변에 엎드려 있는 아이'의 곤경을 마주 보고 기억하는 한에서 거듭 새롭게 열릴 수 있으리라. 어쩌면 「해변에 엎드려 있는 아이에게」는 장석 시가 자신의 시를 '마흔 번이 넘는' 망각으로부터 일깨운 '아이'에게 보내는 전언이자 다짐인지도 모른다. 이번 시집에는 그가 『우리 별의 봄』을 헌정한("벗에게/우리는 여전히 한 알의 씨앗에/함께 들어 있으므로") '친구'를 떠올리게 하는 시편들이 들어 있거니와(「아틀리에 봄」, 「아치울 견문」, 「이 세상 끝의 등대」), 부재하는 '벗'('벗'의 또 다른 현현이 '아이'이기도 할 것이다)의 "최고 희망"과 함께 일구어갈 장석 시의 "햇빛 가득한 안쪽"(「아틀리에 봄」)을 우리 역시 오래 들여다보고 싶다.

자취가 없는 사람.

긴 시간 동안의 부재와 무위로 기억되는 사람이라는 말을 듣는다.

"강물은 사랑을 잃은 이의 아픔과 그의 연가를 바다로 흘려보낸다."(괴테, 「강가에서」) 나는 그 잔해를 바라보며, 오래 물 위에서 노래하였구나.

원래부터 있었겠는가. 길은 걸어가는 이가 온몸으로 낸 서사의 자국이다. 발걸음으로 다지고 어깨로 바위를 비벼 자신의 자취를 만들어온 시인들을 생각한다.

나도 물결이 채 지우지 않은 노래를 다시 모아본다. 사라져버리기 전에 들어보시길. 그대도, 바닷새도.

2021년 시월
장석

해변에 엎드려 있는 아이에게

© 장석

1판 1쇄 발행 | 2021년 11월 15일

지은이 | 장석
펴낸이 | 정홍수
편집 | 김현숙 이명주
펴낸곳 | (주)도서출판 강
출판등록 | 2000년 8월 9일(제2000-185호)

주소 | 서울시 마포구 동교로17안길 21(우 04002)
전화 | 02-325-9566
팩시밀리 | 02-325-8486
전자우편 | gangpub@hanmail.net

값 13,000원
ISBN 978-89-8218-288-4   03810